À vous de jouer !

Stéphan Bilodeau

Martin Charbonneau

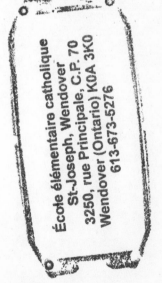

À vous de jouer !

La forêt Noire

STÉPHAN BILODEAU

MARTIN CHARBONNEAU

Éditeur : François Doucet
Révision linguistique : Nicole Demers, André St-Hilaire
Révision : Nancy Coulombe, Suzanne Turcotte, Marie-Lise Poirier
Design de la couverture : Matthieu Fortin
Illustration de la page couverture : Dominique Labbé
Illustrations de l'intérieur : Dominique Labbé, Sylvie Valois
Mise en page : Sylvie Valois
ISBN 978-2-89565-645-6
Première impression : 2007
Dépôt légal : 2007
Bibliothèque et Archives nationales du Québec
Bibliothèque Nationale du Canada

Éditions AdA Inc.
1385, boul. Lionel-Boulet
Varennes, Québec, Canada, J3X 1P7
Téléphone : 450-929-0296
Télécopieur : 450-929-0220
www.ada-inc.com
info@ada-inc.com

Diffusion
Canada : Éditions AdA Inc.
France : D.G. Diffusion
ZI de Bogues
31750 Escalquens Cedex-France
Téléphone : 05-61-00-09-99
Suisse : Transat - 23.42.77.40
Belgique : D.G. Diffusion - 05-61-00-09-99

Imprimé au Canada

Participation de la SODEC. SODEC
Nous reconnaissons l'aide financière du gouvernement du Canada par
l'entremise du Programme d'aide au développement de l'industrie de l'édition
(PADIÉ) pour nos activités d'édition.
Gouvernement du Québec - Programme de crédit d'impôt pour l'édition de
livres - Gestion SODEC.

**Catalogage avant publication de Bibliothèque et Archives nationales du
Québec
et Bibliothèque et Archives Canada**

Bilodeau, Stéphan, 1967-
    À vous de jouer!
    "Livre-jeu d'aventures".
    Sommaire: t. 1. La forêt noire.
    Pour enfants de 7 à 10 ans.
    ISBN 978-2-89565-645-6 (v. 1)

    1. Livres dont vous êtes le héros. I. Charbonneau, Martin, 1972-   . II. Titre.
III. Titre: La forêt noire.
PS8603.I465A62 2007   jC843'.6   C2007-940961-X
PS9603.I465A62 2007

Des événements étranges se produisent dans la forêt Noire, une forêt qui à l'époque était si calme.

Depuis quelques mois, des aventuriers sont portés disparus. De plus, un marchand a découvert une carte qui laisse soupçonner l'existence d'activités douteuses.

La Garde Royale étant monopolisée dans la lutte contre les ogres, le roi vous demande de dresser un état de la situation sur le territoire.

Transformez-vous en paladin, en guerrier, en voleur ou en magicien et venez vivre cette belle aventure dans la forêt Noire !

À vous de jouer !

Vous pouvez maintenant visiter notre petit monde en vous rendant sur le site Web suivant :

www.LivresAvousDeJouer.com

***

Nous tenons à remercier tous ceux qui ont participé de près ou de loin à cette merveilleuse aventure, particulièrement M. Christophe Legendre (Balthus) et Mme Dominique Labbé (Dominy) pour leur apport à ce merveilleux projet.

Table des matières

Mot de bienvenue

Bienvenue dans ce monde fantastique dont vous êtes le personnage principal. Votre quête sera dirigée par vos choix.

Pour cette aventure, vous avez besoin d'un dé à six faces, d'un bon sens de jugement et d'un peu de chance.

En premier lieu, vous devrez créer votre personnage. Dans ce livre, vous pouvez choisir d'être un paladin, une guerrière, une voleuse, un voleur, une magicienne ou un magicien. Choisissez bien car chacun des personnages a ses propres facultés (le chapitre suivant vous expliquera la marche à suivre). Si vous le désirez, vous pourrez conserver le même personnage dans les autres tomes de la collection *À vous de jouer !*

Le charme de cette série réside justement dans la liberté d'action que vous avez et dans la possibilité de retrouver votre héros et votre inventaire d'articles d'un livre à l'autre. Bien que cet ouvrage soit fait pour une personne seule, si vous désirez jouer avec un partenaire, vous n'aurez qu'à doubler le nombre de monstres que vous rencontrerez.

Bon, maintenant que nous avons piqué votre curiosité, il ne nous reste plus qu'à vous souhaiter une bonne aventure...

La Sélection du personnage

AVANT de commencer cette belle aventure, vous devez sélectionner un personnage. Si vous le désirez, vous pourrez conserver le même personnage dans les autres tomes de la collection *À vous de jouer !*

Vous trouverez à l'annexe A (p.119) des fiches des personnages que vous pouvez utiliser. Voulez-vous être paladin, guerrière, voleuse, voleur, magicienne ou magicien ? C'est à vous de choisir…

Nous avons aussi inclus, sur notre site Web, de nombreuses classes de personnages que vous pouvez utiliser.

NOM, ÂGE ET AUTRES RENSEIGNEMENTS

Veuillez indiquer le nom ainsi que l'âge de votre personnage. Vous pouvez ajouter d'autres renseignements concernant votre héros, par exemple ses origines, sa race et le nom de ses parents. Plus vous personnaliserez votre protagoniste, plus vous vous y attacherez.

ATTAQUE

Cet attribut représente la rapidité de vos attaques. Ce pointage permettra, à l'aide de la grille d'attaque (présentée un peu plus loin), de déterminer qui frappera en premier. Il est établi en fonction de la classe de votre personnage.

VIE

Cet attribut représente votre vie. Il est déterminé en fonction de la classe de votre personnage. Si vous êtes touché, vous devrez réduire vos points de vie. Attention! Si ces points baissent jusqu'à zéro, vous mourrez!

CHANCE

Cet attribut représente votre chance. Il vous sera parfois demandé d'effectuer un «jet de chance». Dans ce cas, vous devrez simplement lancer un dé. Si votre résultat est égal ou inférieur à votre total de points de chance, vous aurez réussi votre jet.

HABILETÉ

Cet attribut représente votre habileté à effectuer certaines actions. Il vous sera parfois demandé d'effectuer un «jet d'habileté» afin de vérifier si vous réussirez ou non une action en particulier. Dans ce cas, vous devrez simplement lancer un dé. Si votre résultat est égal ou inférieur à vos points d'habileté, vous aurez réussi votre action.

ÉQUIPEMENTS

Vous avez des équipements de départ en fonction de votre personnage, mais vous pourrez vous en procurer d'autres soit en les trouvant lors de votre quête, soit en les achetant à la ville (voir la section «La boutique).

ARMES/MAGIES

Vous démarrez l'aventure avec plusieurs armes de base. Vous pourrez en obtenir d'autres soit en les trouvant lors de votre quête, soit en les achetant à la boutique. La force des armes est décrite dans la colonne «Dégât/magie».

Attention! Vous ne pourrez utiliser que les armes autorisées par la classe de votre personnage. Vous pourrez vous en servir aussi souvent que vous le désirerez, ce qui n'est pas le cas pour la magie. Comme les «sorts» nécessitent un grand apprentissage et de nombreux ingrédients pour être réalisés, le magicien ne pourra les utiliser qu'un certain nombre de fois par jour. Voir la colonne «Utilisation» près de la colonne «Dégât/magie».

Sélectionnez votre fiche dans l'annexe A et passez à la section suivante.

Quelques règles

LA BOUTIQUE

Au cours de l'aventure, vous pouvez aller à la boutique en tout temps pour y acheter divers équipements.

Vous pourrez vous y procurer un objet en payant le montant indiqué. Vous pourrez aussi vendre un objet en échange de la moitié de sa valeur. Attention! Le marchand achète seulement les articles qu'il connaît, donc seulement ceux qui sont déjà dans la boutique.

Au cours de votre quête, vous devez respecter le découpage journalier du trajet. Vous trouverez plus loin une carte présentant votre quête. Sur cette carte apparaissent des cercles indiquant les phases de repos (camps) ainsi que des carrés représentant certains événements de l'aventure. Si vous revenez à la ville, vous devrez respecter chacune des étapes mentionnées et relire les paragraphes correspondants.

Les articles de la boutique apparaissent à l'annexe B (p.127). Il est intéressant de voir que la boutique change d'un livre à l'autre. Donc, profitez-en. De plus, vous trouverez sur notre site Web une boutique virtuelle que vous pourrez utiliser en tout temps pour effectuer vos achats.

LES POTIONS

Vous constaterez rapidement que les potions sont très importantes dans ce jeu. Assurez-vous d'en avoir toujours dans votre équipement. Bien qu'il existe plusieurs catégories de potions, dans ce tome, vous retrouverez principalement des potions de vie. Ces dernières vous permettent de regagner certains des points de vie que vous aviez perdus au combat. Rappelez-vous que vous ne pouvez jamais dépasser votre nombre initial de points de vie.

Vous pouvez vous servir des potions à tout moment, même en cours de combat, sans être pénalisé.

LA MORT

Comme nous l'avons mentionné, vous êtes déclaré mort quand vos points de vie sont égaux ou inférieurs à zéro. Dans ce cas, vous devez absolument recomposer un personnage et recommencer le jeu au début. Profitez donc de cette occasion pour ne pas commettre les mêmes erreurs…

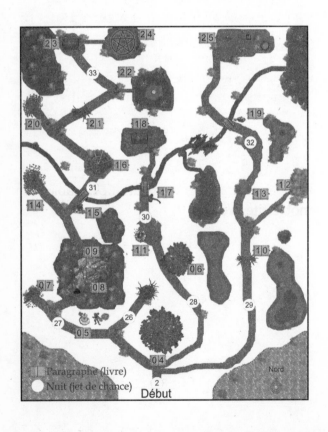

Paragraphe (livre)
Nuit (jet de chance)
Nord
Début

L'utilisation
de la carte

Lors de votre quête, le maître vous remettra le document suivant, c'est la carte de la forêt Noire. Conservez-la bien car elle vous guidera tout au long de l'aventure. Vous retrouverez également ce document (version couleur) en format imprimable sur notre site Web :

www.LivresAvousDeJouer.com

LES DÉPLACEMENTS

Chaque numéro de la carte représente un paragraphe du livre. Vous commencez l'aventure à la section indiquée « Début » (en bas). Par la suite, vous vous déplacez sur un numéro adjacent à votre position et

vous lisez le paragraphe du livre correspondant à ce numéro.

LES REPOS OU LES NUITS

Au cours de cette aventure, vous serez
parfois invité à vous reposer. Sur la carte,
les repos sont indiqués par des cercles
numérotés. Lors des repos, il vous sera
demandé de tenter un « jet de chance » afin
de déterminer si la nuit se déroulera bien.
Si le repos se passe sans inconvénient, vous
regagnerez 2 points de vie et les magiciens
récupéreront tous leurs sorts. Attention !
Si vous êtes dérangé pendant la nuit, vous
allez devoir combattre (voir « La règle des
monstres aléatoires » ci-après) et vous ne
récupérerez rien car vous n'aurez pu vous
reposer suffisamment.

LA RÈGLE DES MONSTRES ALÉATOIRES

Il vous sera parfois demandé, principalement lors des repos, de « lancer un dé selon
la règle des monstres aléatoires et de combattre la créature ». Vous devrez dans ce
cas :

❖ lancer un dé (à 6 faces) ;

❖ ajouter 100 au résultat;

❖ aller combattre la créature mentionnée au paragraphe portant le
numéro du résultat que vous avez
obtenu.

LES RETOURS À LA VILLE

À tout moment, vous pouvez retourner à la
ville. Cependant, vous devez repasser par
tous les numéros et respecter les zones de
repos qui se trouvent sur votre route.

Une fois que vous serez rendu à la ville,
vous pourrez aller à la boutique ou vous
reposer chez vous. Comparativement à une
nuit dans la forêt, qui régénère 2 points de
vie, une nuit de repos à la ville permet de
récupérer 5 points de vie. Et vous ne risquez pas de rencontrer un monstre aléa-
toire dans votre chambre!

Les combats

LORS de votre aventure, vous aurez à combattre des créatures terrifiantes. Pour entamer un combat, vous devrez avoir en main un dé ainsi que la grille d'attaque ci-après. Cette grille figure aussi sur toutes les fiches de personnages.

		Différence entre mes points d'attaque et ceux de mon adversaire										
		Désavantage						Avantage				
		5	4	3	2	1	0	1	2	3	4	5
Lancer 1 dé (6 faces)	1	0	0	0	0	0	0	0	0	0+1	0+1	0+1
	2	X	X	0	0	0	0	0	0	0	0	0+1
	3	X	X	X	X	0-1	0	0	0	0	0	0
	4	X	X	X	X	X	X	X-1	0	0	0	0
	5	X+1	X	X	X	X	X	X	X	X	0	0
	6	X+1	X+1	X+1	X	X	X	X	X	X	X	X

LA GRILLE D'ATTAQUE

Pour lire la grille, vous devez connaître votre avantage ou votre désavantage. Pour ce faire, vous n'avez qu'à lancer un dé et à comparer la valeur obtenue à celle de votre adversaire.

❖ Si vous avez une valeur d'attaque supérieure à celle de votre adversaire, vous serez en avantage. Comptez combien de points vous séparent de votre adversaire. *Exemple* : Si vous avez une valeur d'attaque de 10 et que la valeur de la contre-attaque est de 7, vous aurez un avantage de 3 points (10 – 7). Vous allez donc utiliser la colonne « 3 » de la grille sous le mot « Avantage ».

❖ Si votre adversaire a une valeur d'attaque supérieure à la vôtre, vous serez en désavantage. Comptez combien de points vous séparent de votre adversaire. *Exemple* : Si vous avez une valeur d'attaque de 10 et que la valeur de la contre-attaque est de 12, vous aurez un désavantage de

2 points (12 – 10). Vous allez donc utiliser la colonne « 2 » de la grille sous le mot « Désavantage ».

❖ Si votre attaque est égale à la contre-attaque, vous allez utiliser la colonne « 0 ».

Une fois que vous connaîtrez la colonne dans laquelle vous devrez jouer, gardez-la en mémoire. Elle ne changera pas durant le combat.

Pour porter un coup, lancez un dé. Les valeurs du dé (de 1 à 6) apparaissent aux six rangées de la grille d'attaque. Selon le chiffre obtenu, rendez-vous à la rangée correspondante jusqu'à la colonne que vous avez mémorisée. Le résultat de l'assaut sera écrit dans la case.

❖ O : Vous avez touché votre adversaire. Soustrayez de ses points de vie les dégâts infligés par votre arme.

❖ O + 1 : Vous avez porté un coup très dur ! Soustrayez des points de vie de votre adversaire les dégâts infligés par votre arme, plus 1 point.

❖ O – 1 : Vous avez porté à votre ennemi un coup léger. Soustrayez de ses points de vie les dégâts infligés par votre arme, moins 1 point.

❖ X : Votre ennemi vous a blessé. Soustrayez de vos points de vie les dégâts infligés par son arme.

❖ X + 1 : Votre ennemi vous a porté un coup très dur ! Soustrayez de vos points de vie les dégâts infligés par son arme, plus 1 point.

❖ X – 1 : Votre ennemi vous a porté un coup léger. Soustrayez de vos points de vie les dégâts infligés par son arme, moins 1 point.

Premier exemple : Vous affrontez un monstre laid. Il a 9 points d'attaque et 11 points de vie. Il est muni de griffes qui causent 3 points de dégât. Vous avez 12 points d'attaque et 20 points de vie. Vous disposez d'une épée qui cause 5 points de dégât.

Vous êtes en avantage de 3 points (votre attaque est de 12, et la contre-attaque de 9).

Vous allez donc utiliser la colonne « Avantage : 3 ». Vous lancez le dé.

❖ Vous obtenez 4 : La rangée « 4 » indique « O ». Vous avez touché votre adversaire. Il perd 5 points de vie. Il lui en reste 6. Vous lancez le dé une autre fois.

❖ Vous obtenez 6 : La rangée « 6 » indique « X ». Le monstre vous a touché. Vous perdez 3 points de vie. Il vous en reste 17. Vous lancez le dé une troisième fois.

❖ Vous obtenez 1 : La rangée « 1 » indique « O + 1 ». Vous avez porté un coup dur ! Le monstre perd 5 + 1 points de vie. Il lui en reste 0. Alors, il est mort. Vous avez gagné !

Deuxième exemple : Vous affrontez un diable rouge. Votre adversaire a 14 points d'attaque et 18 points de vie. Il est muni de griffes qui causent 4 points de dégât. Vous avez 10 points d'attaque et 16 points de vie. Vous disposez d'une épée qui cause 5 points de dégât.

Vous êtes en désavantage de 4 points (votre attaque est de 10, et la contre-attaque de 14). Vous allez utiliser la colonne «Désavantage : 4». Vous lancez le dé.

❖ Vous obtenez 3 : La rangée «3» indique «X». Votre ennemi vous a touché. Vous perdez 4 points de vie. Il vous en reste 12. Vous lancez le dé une autre fois.

❖ Vous obtenez 1 : La rangée «1» indique «O». Vous avez touché le diable. Il perd 5 points de vie. Il lui en reste 13. Vous lancez le dé une troisième fois.

❖ Vous obtenez 6 : La rangée «6» indique «X + 1». Vous avez subi un coup dur! Vous perdez 4 + 1 points de vie. Il vous en reste 7. Vous relancez le dé.

❖ Vous obtenez 4 : La rangée «4» indique «X». Votre ennemi vous a touché. Vous perdez 4 points de vie. Il vous en reste 3. Ça tourne mal! Vous aurez besoin de chance pour gagner! Vous relancez le dé de nouveau.

❖ Vous obtenez encore 4 : La rangée «4» indique «X». Votre ennemi vous a touché de nouveau. Vous perdez 4 autres points de vie. Malheureusement, le diable a été plus fort que vous. Vous êtes mort...

La quête

VOUS vous réveillez en sueur, le cœur battant et les mains moites. Vous venez de faire un cauchemar terrifiant. Pourtant, votre rêve vous semblait si réel. Il y avait un grand magicien au teint pâle et portant une robe bleue, bordée de rubis jaunes. À ses côtés se tenait une créature cadavérique très affreuse. À eux deux, ils détruisaient tout sur leur passage d'un simple regard.

Vous en avez encore la chair de poule. C'est la première fois qu'un cauchemar vous semble si vrai !

Toc ! Toc ! Quelqu'un cogne à la porte.

– Mais qui peut bien me déranger à cette heure ? vous demandez-vous.

Et si c'était cette créature ?

– Entrez! répondez-vous d'une voix incertaine.

La porte s'ouvre et vous apercevez votre amie Nieille.

Ouf! Quel soulagement!

– Eh bien? remarque votre amie. Pensais-tu voir un fantôme?

– Tu ne crois pas si bien dire, Nieille! Je viens de faire un cauchemar qui m'a un peu bouleversé!

Nieille est venue vous annoncer que le roi désire vous rencontrer immédiatement au château.

Il est tôt, même très tôt. Le sol est encore recouvert de brume et la nuit n'a pas encore laissé place au jour. Vous vous demandez pourquoi le roi veut vous voir à cette heure.

À votre arrivée au château, le souverain est déjà sur les lieux. Il vous attend en compagnie de votre maître d'enseignement.

Tous deux vous saluent, puis vous invitent à vous asseoir. Vous êtes un peu inquiet, car il ne vous arrive que très rarement de rencontrer le roi et votre maître en même temps. Vous devinez qu'il s'agit de quelque chose de très important.

Le roi prend une grande inspiration.

– Nous avons toujours des problèmes avec les ogres! vous annonce-t-il. Nous les avons aperçus tous près, au nord. J'ai donc envoyé là-bas plusieurs gardes afin de connaître leur intention. Les autres sont demeurés ici au cas où une guerre éclaterait. J'ai donc besoin de vous pour effectuer une mission!

– Une mission! répliquez-vous, un peu surpris d'une telle demande (il faut dire que vous êtes toujours en période d'entraînement).

– Oui! répond le roi. Nous n'avons pas l'habitude de faire appel à des étudiants pour une mission royale, mais votre maître m'a informé que vous êtes son meilleur disciple et que vous êtes prêt pour une telle quête.

Un peu surpris, vous attendez impatiemment des explications.

– Voilà ce que je vous demande, dit le roi. Depuis deux semaines, plusieurs disparitions m'ont été signalées dans la forêt Noire. Il semblerait que des événements étranges se produisent en ces lieux. Je vous demande d'y aller en éclaireur afin de me dresser un état de la situation. Une fois que vous aurez vu ce qui se passe là-bas, nous jugerons de la pertinence d'y envoyer une patrouille royale.

– Où se trouve la forêt Noire? vous informez-vous..

Le maître sort alors un parchemin de son grand sac.

– Tu trouveras la forêt Noire à environ cinq jours de marche au nord de la ville, vous explique-t-il. Tu ne peux pas la manquer. Voici une carte. Un marchand l'a trouvée, hier, dans un fossé tout près de la forêt. Probablement le vent l'a-t-il poussée à cet endroit. Je te la remets. Peut-être te sera-t-elle utile.

Vous prenez la carte et, en remerciant votre maître, vous la rangez dans votre petit sac.

Le roi reprend la parole.

– Vous devez partir maintenant! vous informe-t-il. Nous vous avons fait préparer le nécessaire pour votre voyage. Mais gardez en tête qu'il ne s'agit pas de jouer au héros, mais de me faire un rapport détaillé sur ce qui ne va pas en ces lieux!

J'ai confiance en vous, et sachez que nous vous serons reconnaissants de votre aide !

Sur ces mots, d'un signe de tête, le roi et votre maître vous saluent et quittent la pièce d'un pas rapide.

Vous partez donc sur-le-champ. Vous êtes fier, mais tout de même un peu étonné de cette demande !

****

En sortant de la ville, une jeune et jolie dame vous accoste avec douceur.

– Je suis désolée de vous déranger, s'excuse-t-elle.

– Il n'y a pas de problème, répliquez-vous.

– Allez-vous vers la forêt Noire ? vous demande-t-elle, des larmes au coin des yeux.

Un peu pressé, vous lui répondez positivement, d'un signe de tête.

– Mon fils, Peter, est parti vers cette forêt et, depuis deux jours, je ne l'ai pas revu, la dame vous explique-t-elle. Pouvez-vous le ramener si vous le rencontrez ? Je vous en serais si reconnaissante !

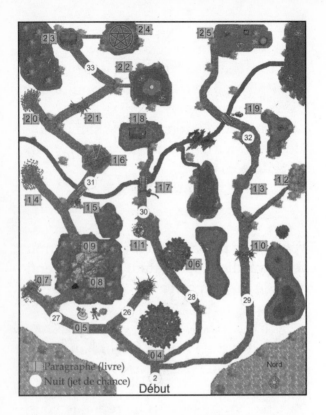

« Cette personne paraît désespérée »,
vous dites-vous.

– Chère Madame, lui répondez-vous.
Je vous promets que, si votre fils est dans
cette forêt, je vous le ramènerai !

La jeune femme vous serre dans ses
bras et vous remercie chaleureusement

en laissant échapper de nouveau quelques larmes.

Vous la réconfortez un instant, puis vous repartez vers le nord.

En chemin, vous examinez l'étrange carte que vous a remise votre maître. Bien qu'elle paraisse un peu absurde, elle est vraiment intrigante par son niveau de détail.

VOTRE QUÊTE PRINCIPALE

Votre quête principale consiste donc à trouver des indices permettant au roi d'identifier la source du problème qui sévit dans la forêt Noire.

VOTRE QUÊTE SECONDAIRE

Votre quête secondaire consiste à trouver Peter dans la forêt Noire.

À vous de jouer !

1

Après quelques jours de marche en direction du nord, vous parvenez finalement aux abords de la forêt Noire. Vous comprenez aussitôt pourquoi cette forêt est ainsi appelée. Ses frondaisons sont si denses qu'à certains endroits on la dirait totalement noire. La lumière du soleil ne semble pas réussir à la traverser.

D'après la carte, il devrait y avoir une entrée en face de vous, mais vous ne voyez qu'une légère éclaircie dans la futaie. L'arrivée du soir ne vous aide pas. La nuit a commencé à tomber et votre vision est légèrement affaiblie.

Vous décidez donc de camper ici, à l'orée de la forêt, et d'attendre le lendemain pour poursuivre vos recherches.

Selon la carte, vous êtes au sud de la forêt Noire. Votre position est indiquée par le premier cercle à l'orée du bois. Souvenez-vous que les cercles sur la carte correspondent à des régions où vous devez vous arrêter pour vous reposer, et que les carrés sont des endroits à explorer. Durant le jeu, vous devrez vous déplacer vers l'un ou l'autre de ces repères. Une fois sur place, identifiez le numéro du cercle ou du carré et allez lire les instructions données dans le paragraphe correspondant du livre afin de poursuivre l'aventure. Maintenant, **allez au 2**.

2

Vous dressez votre campement à la lisière de la forêt. Vous vous étendez ensuite pour dormir. Lancez un « jet de chance ».

❖ Si vous réussissez, la nuit se déroulera sans aucun problème. Vous serez reposé à votre lever et vous récupérerez 2 points de vie.

❖ Si vous ne réussissez pas, dans le courant de la nuit vous entendrez un bruit. À peine aurez-vous le temps d'ouvrir un œil que vous serez attaqué! Il vous faudra lancer un dé selon la règle des monstres aléatoires et combattre la créature.

Si vous survivez à la nuit, vous pourrez entrer dans la forêt. Si vous venez de commencer votre mission, **allez au 3**. Vous pouvez aussi retourner à la ville pour visiter la boutique.

3

Après avoir examiné les environs, vous concluez que cette éclaircie dans la futaie doit être l'entrée recherchée. D'un pas léger, vous pénétrez dans la forêt Noire. Les branches sont tellement basses et nombreuses que vous devez utiliser une main pour vous frayer un chemin dans les feuillages, et l'autre pour tenir votre torche. Une chance que les feuilles sont légèrement humides! **Allez au 4**.

4

Vous êtes debout à l'intersection de quatre sentiers. Il y a là un chemin qui va vers l'ouest; un autre qui va vers le nord-est; un autre qui va vers l'est; et un dernier qui retourne en direction de la ville, au sud. Cependant, quelque chose vous intrigue. Devant vous se dresse un arbre énorme aux branches crochues, et dont l'aspect est vraiment étrange. Sa forme s'apparente à celle d'une silhouette humaine!

Si vous désirez aller examiner le gros arbre, **allez au 40**. Si vous préférez continuer à explorer, vous pourrez le faire en choisissant une destination (**5**, **26**, **28** ou **29**) à partir du point **4** où vous êtes sur la carte.

5

Le chemin est de plus en plus dégagé. Vous avez maintenant de la facilité à vous déplacer. Selon votre carte, vous devriez, d'ici quelques heures, trouver quelque chose sur le côté du sentier.

Effectivement! Après trois heures de marche, vous découvrez une petite fontaine du côté nord du sentier. Vous vous en approchez et vous êtes agréablement surpris par sa beauté. Elle est d'un beau bleu ciel et son eau est très limpide. Vous éprouvez subitement le désir de vous désaltérer.

En vous approchant davantage, vous apercevez un homme étendu au sol derrière le socle de la fontaine. L'individu semble inconscient.

Si vous voulez boire l'eau de la fontaine, **allez au 46**. Si vous voulez plutôt examiner l'homme au sol, **allez au 66**. Si vous préférez continuer votre route, consultez votre carte et choisissez une nouvelle destination.

6

À un certain moment, sur votre route, vous passez près d'un arbre étrange. Ce feuillu est énorme et très vieux. Il ressemble de beaucoup à celui que vous avez aperçu à l'entrée de la forêt.

Si vous voulez vous approcher de l'arbre, **allez au 93**. Si vous préférez passer à côté sans y porter attention, choisissez un autre endroit à visiter.

7

Vous avancez encore pendant quelques heures. La route que vous avez prise devient de plus en plus ardue pour finalement s'avérer impraticable. Vous allez devoir revenir en arrière et emprunter un autre chemin.

Effectuez un « jet de chance ». Si vous réussissez, vous trouverez un ogre mort en décomposition. Près de lui, il y aura une épée (dégât : 5) et 1 potion de vie moyenne (2 dés de points de vie). Vous ne pourrez pas ramasser ces objets si vous les avez déjà pris.

Maintenant, revenez sur vos pas jusqu'à l'intersection et choisissez un autre sentier.

8

Au nord de votre position, vous apercevez une haute montagne. À mesure que vous avancez, vous constatez que le chemin vous conduit au centre de l'élévation. Si c'est la deuxième fois (ou plus) que vous venez ici, **allez tout de suite au 35**.

À quelques mètres de la montagne, vous vous arrêtez brusquement. Vous analysez la situation. Vous constatez que le chemin traverse effectivement la montagne. Tout près de l'entrée se tient un énorme loup, dévorant goulûment une proie, les crocs dégoulinant de bave. Vous pensez qu'il ne vous a pas encore vu et qu'il vous est peut-être possible de l'éviter en le contournant subtilement.

Comme il n'y a aucun moyen d'éviter cette montagne, vous devez prendre une décision. Si vous décidez d'attaquer le loup, **allez au 101**. Si vous sortez vainqueur du combat, choisissez une autre destination sur votre carte. Si vous voulez essayer de contourner le loup, **allez au 52**.

9

Vous entrez dans une grotte sombre qui semble former un tunnel à travers la montagne. Vous allumez aussitôt votre torche. Si vous avez déjà traversé ce passage, **allez tout de suite au 36**.

Dans cette grotte obscure, vous avez un mauvais pressentiment, mais vous décidez d'affronter le danger. Vous avancez avec précaution en surveillant vos arrières. L'odeur nauséabonde qui se dégage des lieux vous rappelle la puanteur de carcasses d'animaux ou de poissons pourries. Le sol est couvert d'eau et de boue, et le plafond est hérissé de stalactites géantes. Malgré vos efforts, il vous est difficile de ne pas faire de bruit.

Après quelques mètres, l'étroit couloir laisse place à une grande cavité. Tout au fond, vous repérez une lumière qui peut laisser croire à une autre sortie.

« Mais qu'y a-t-il au mur ? vous demandez-vous. Qu'est-ce que ce grand filet fait ici ? »

Il y a en effet un énorme filet tressé, tendu au milieu de la salle, un filet qui ressemble à… à une toile d'araignée!

Au même moment, vous levez votre torche vers le plafond.

Au sommet de la toile, près du toit de la caverne, est blottie une énorme araignée de la taille d'un poney. La créature vous observe avec ses six yeux rouges, mais ne bouge pas. Que faites-vous?

Si vous désirez vous approcher de l'araignée, **allez au 49**. Si vous préférez vous diriger vers la sortie en espérant que la créature ne vous verra pas, **allez au 60**.

10

À la mi-journée, vous arrivez devant un obstacle. Sur la route, un immense arbre bloque le passage. «Il est énorme!» constatez-vous. Vous essayez de le déplacer en le poussant de toutes vos forces, mais en vain. Cet arbre est beaucoup trop gros.

Si vous désirez essayer **de fracasser l'arbre en utilisant vos armes**, allez au **56**. Sinon, revenez sur vos pas et refaites le trajet jusqu'à l'entrée de la forêt!

11

Vous avancez sur la route. D'après la carte, il devrait bientôt y avoir quelque chose sur le côté du sentier.

Effectivement, après quelques minutes de marche, vous arrivez dans une grande clairière. Au sud-ouest de celle-ci se trouve un tout petit puits. Si vous êtes déjà venu dans cette clairière, **allez tout de suite au 45**.

Par curiosité, vous allez jeter un coup d'œil au puits. Vous prenez un petit caillou et le laissez tomber dans le trou. D'après le temps que met l'écho à vous parvenir et la qualité du son que vous percevez, vous arrivez à la conclusion que le puits est vide mais très profond. En l'examinant davantage, vous constatez que ses parois semblent non seulement très solides, mais aussi très glissantes. Par ailleurs, vous avez la certitude qu'un objet brille au fond du puits.

Une idée folle vous vient en tête.

« Peut-être devrais-je y descendre ? » vous dites-vous.

Si vous croyez qu'il s'agit d'un risque inutile, reprenez votre route à l'aide de votre carte. Si vous voulez descendre dans le puits en vous agrippant aux parois, **allez au 91**. Si vous avez une corde dans votre équipement et que vous aimeriez l'utiliser pour descendre dans le puits, **allez au 47**.

12

Vous avancez quelques heures à petits pas. Cette route est vraiment très pénible. Par ailleurs, plus vous avancez, plus elle devient étroite. Après quelque temps, vous vous découragez et vous décidez de revenir sur vos pas.

Lancez un «jet de chance». Si vous réussissez, au moment même où vous vous arrêterez pour revenir, vous apercevrez un tas d'ossements au sol. Près des restes humains, il y aura quatre pièces d'or. Vous pourrez les ramasser, mais seulement si vous ne les avez jamais trouvées auparavant. Si vous échouez le jet, vous ne trouverez rien.

Revenez sur vos pas jusqu'à l'inter-section et choisir sur votre carte un autre endroit à visiter.

13

Vous continuez votre route quand, brus-quement, vous apercevez au loin un grand nuage de brume qui s'avance lentement vers vous.

Après quelques minutes, le nuage s'est passablement rapproché. Lorsqu'il est à trois mètres de vous, vous constatez qu'il s'agit en fait d'un essaim d'abeilles!

La masse d'insectes bloque entièrement le chemin. Il vous est donc impossible de la contourner. Que faites-vous?

Si vous souhaitez foncer, tête première, dans le tas d'abeilles afin de le traverser, **allez au 64**. Si vous êtes magicien, vous pouvez utiliser des boules de feu **en allant au 92**. Enfin, si vous aimez mieux rebrous-ser chemin, utilisez votre carte pour choi-sir une nouvelle destination.

14

Après quelques heures de marche, vous constatez que la route est beaucoup trop difficile et que vous allez devoir rebrousser chemin.

Effectuez un «jet de chance». Si vous réussissez, vous trouverez un ogre mort, déjà sous forme de squelette. Il y aura près de lui une potion de vie moyenne (2 dés de points de vie) et 3 pièces d'or. Vous ne pourrez pas ramasser ces objets si vous les avez déjà trouvés. Si vous ne réussissez pas le jet, vous ne trouverez rien.

Vous devrez alors revenir sur vos pas jusqu'à l'intersection et choisir un autre sentier.

15

Après quelques heures de marche, vous arrivez devant une rivière. Bien que celle-ci ne soit pas très large, elle semble vraiment très profonde et l'eau est constamment en mouvement. Tout vous porte à croire que la traversée serait risquée. Si vous êtes déjà venu à cet endroit, **allez tout de suite au 37**.

Devant vous, il y a bien un petit pont, mais une grosse créature semble en obstruer le passage. Vous restez à l'écart pour le moment et vous observez la créature en vous assurant qu'elle ne vous voie pas. D'après vous, ce monstre, qui pourrait être un troll, semble garder le pont.

Si vous désirez avancer prudemment vers la créature, **allez au 50**. Si vous préférez essayer de traverser de l'autre côté en passant dans l'eau, **allez au 67**.

16

Après une heure de marche dans la forêt, vous arrivez dans une grande clairière. Au centre, sous un grand gazebo, vous apercevez une immense table ronde faite de bois et pouvant accueillir une dizaine d'invités. La table est recouverte d'assiettes et d'ustensiles dorés. Y est étalé un beau festin composé de viandes, de volailles, de fruits, de pain et de divers breuvages. Quelle agréable odeur ! Si vous avez déjà visité ce lieu, **allez tout de suite au 41**.

Assis à la table, vous tournant le dos, un individu vêtu d'une robe bleue, bordée de rubis jaunes, déguste calmement son repas. Il ne vous a pas encore aperçu.

« J'ai l'impression de connaître cette personne ! » vous dites-vous.

Votre regard se pose sur les pieds de l'individu. Vous constatez alors que le personnage est légèrement blessé, mais que la douleur ne semble pas l'importuner. Que faites-vous ?

Si vous désirez discuter calmement avec l'étranger, **allez au 53**. Si vous préférez l'attaquer dès maintenant pour profiter de l'effet de surprise, **allez au 70**.

17

Quelques kilomètres plus loin, vous arrivez devant un petit pont. La rivière est déchaînée et les rapides sont si puissants qu'il serait impensable de s'y aventurer. Si vous avez déjà emprunté ce pont, **allez tout de suite au 39**.

Au milieu du pont, un ogre énorme se tient debout, immobile. D'après vous, quelqu'un lui a demandé de garder l'endroit.

Vous vous approchez calmement de la créature en vous tenant sur vos gardes. Au moindre geste suspect de sa part, vous l'attaquerez!

L'ogre ne réagit pas lorsque vous avancez. Par contre, après que vous avez fait quelques pas sur le pont, il s'adresse à vous.

– Quel est le mot de passe? vous demande-t-il d'une voix très saccadée.

Vous ne connaissez malheureusement pas le fameux mot de passe. Que faites-vous?

Si vous désirez attaquer l'ogre, **allez au 74**. Si vous préférez lui offrir 3 pièces d'or pour qu'il vous laisse traverser, **allez au 84**. Si vous décidez de discuter avec lui pour le convaincre de vous laisser passer, **allez au 95**.

18

Après quelques heures, vous arrivez devant une maisonnette aux murs vert pâle. Vous examinez brièvement les environs et tout vous semble paisible. Vous décidez donc d'arrêter quelques minutes pour manger. Tentez un «jet de chance». Si vous le réussissez, **allez au 61**. Sinon, n'y allez pas.

Après avoir calmé votre faim, vous décidez d'entrer dans la maison. Curieusement, la porte est entrouverte, comme si quelqu'un s'était dépêché d'en sortir.

L'habitation est déserte et très peu meublée. Un gros coffre occupe cependant tout un coin de la pièce où vous êtes entré.

Si vous désirez ouvrir le coffre, **allez au 62**. Si vous ne voulez pas prendre ce risque, **allez au 78**. Vous ne pouvez pas ouvrir le coffre si vous l'avez déjà fait.

19

Vous marchez depuis quelques heures quand, soudainement, vous apercevez au loin un petit pont de bois traversant une rivière agitée. Vous regardez un instant la rivière, mais les rapides vous semblent beaucoup trop dangereux pour tenter de les affronter à la nage. Vous vous dirigez donc vers le petit pont. Si vous avez déjà emprunté ce dernier, **allez tout de suite au 48**.

Avant même que vous ne puissiez vous aventurer sur le pont, une énorme créature sort des bois et se dresse devant vous pour vous en bloquer l'accès.

– Halte-là ! ordonne-t-elle, en vous jetant un regard menaçant. Ce pont est privé. Partez !

La créature est vraiment imposante et intimidante. Elle a le corps d'un homme, mais la tête d'un taureau. Par ailleurs, elle tient entre ses mains une gigantesque hache !

Si vous désirez attaquer la créature, **allez au 106** et choisissez sur votre carte un nouvel endroit à visiter – à condition d'être encore en vie! Si vous préférez lui offrir 5 pièces d'or pour traverser le pont, **allez au 87**. Si vous aimez mieux revenir sur vos pas, **le sentier vous ramènera au 32** à temps pour la nuit qui vient.

20

Après quelques heures de marche harassante, vous constatez que la route est impraticable. Vous retournez sur vos pas pour prendre un autre sentier.

Lancez un «jet de chance». Si vous réussissez, **allez au 54**. Si vous échouez, consultez votre carte et empruntez un autre chemin.

21

Sur le sentier, vous distinguez la piste d'un homme qui s'est dirigé vers le nord. Il s'agit probablement du magicien qui occupait le gazebo dans la clairière. D'après les traces, vous comprenez que l'homme est blessé et que ses pas sont ralentis. Vous accélérez donc votre marche.

Vous continuez votre route à grands pas. Le chemin est maintenant bien dégagé. En observant minutieusement, vous pouvez apercevoir d'autres traces sur le sol, des traces mêlées de petites taches de sang. Vous êtes convaincu d'être sur la bonne voie.

Après avoir marché pendant quelques heures, vous constatez que la largeur du chemin se réduit considérablement devant vous. Soudainement, vous êtes face à un obstacle. Sur la route, un immense arbre, probablement abattu par la foudre, bloque le passage. Vous essayez de le déplacer en le poussant de toutes vos forces, mais en vain. Cet arbre est beaucoup trop gros.

Si vous désirez tenter de fracasser l'arbre en utilisant vos armes, **allez au 56**. Si vous préférez, vous pouvez retourner sur vos pas et choisir une autre région à explorer.

22

Vous suivez un sentier étroit vers l'est. À un certain moment, le feuillage s'éclaircit et vous arrivez dans une grande clairière.

Devant vous, il y a un magnifique lac. L'eau est claire et bleutée.

Vous vous approchez davantage du lac et vous apercevez, en son centre, tout au fond, un objet lumineux de la grosseur d'un coffre. La pureté de l'eau vous empêche cependant de déterminer exactement la profondeur du lac.

Si vous désirez essayer d'aller chercher le coffre en plongeant dans l'eau, **allez au 82**. Si vous préférez visiter une autre région de la forêt Noire, consultez votre carte.

23

Le lendemain, vous partez tôt en direction du nord. Après quelques kilomètres, vous arrivez devant une petite maison verte construite en rondins. Vous constatez que les traces que vous suivez depuis la veille se dirigent vers l'intérieur de cette maison. Il y a aussi un petit chemin allant vers l'est. Si vous avez déjà pénétré dans cette habitation, **allez tout de suite au 38**.

Si vous désirez cogner à la porte de la maison, **allez au 58**. Si vous préférez défoncer la porte d'un grand coup de pied et profiter ainsi de l'effet de surprise, **allez au 77**. Vous pouvez aussi explorer un autre endroit grâce à votre carte.

24

Vous arrivez dans une vaste clairière. Au centre, vous apercevez un grand autel de pierre noire. Selon votre première idée, cet autel pourrait être un lieu de sacrifice ou de sinistres incantations.

Lancez un «jet de chance». Si vous réussissez, vous apercevrez sur l'autel un sceptre topaze (+1) utilisé par les magiciens (dégât : 4). Vous pourrez le garder, mais seulement si vous n'en avez pas déjà un. Si vous ne réussissez pas le jet, vous ne trouverez rien dans la clairière.

Après avoir fait le tour de l'endroit, si vous désirez retourner vers la maison, **allez au 23** et faites un autre choix.

25

Vous traversez le pont et vous continuez votre route vers le nord. Vous apercevez au sol plusieurs traces. Certaines semblent avoir été laissées par des animaux, et d'autres par des petits hommes… ou des enfants ! Si vous êtes déjà passé par là, **allez tout de suite au 44**.

« Des enfants sont passés par ici ! » vous dites-vous. Vous pensez aussitôt à Peter.

D'un pas alerte, vous avancez en suivant les traces. Vous entrez ainsi dans une immense clairière. Au centre, vous apercevez les restes d'un grand feu, et quelques chaînes abandonnées. Divers ossements jonchent le sol un peu partout.

C'est définitivement l'antre de quelqu'un – ou de quelque chose. Vous êtes paniqué à l'idée d'être arrivé trop tard et que Peter ait pu servir de petit-déjeuner à la créature !

Tout à coup, vous apercevez une grande çage au fond de la clairière. À l'intérieur se tient un petit garçon blessé, mais toujours vivant. Vous foncez à toute vitesse vers lui. Or, au moment où vous arrivez près de la cage, vous recevez un terrible coup sur la tête et vous perdez 2 points de vie.

Vous vous retournez et vous faites face à un grand minotaure, sans doute le frère de celui qui gardait le pont sur la rivière. La créature vous attaque. **Allez au 106** pour le combattre et, si vous gagnez, **allez au 42**.

26

Cette route semble beaucoup moins entre-tenue. Vous marchez difficilement pendant près de cinq heures pour finalement arriver devant un taillis très épais. Malgré vos efforts, vous n'arrivez pas à vous frayer un chemin. Vous devez vous résigner à retourner sur vos pas.

Vous avez perdu beaucoup de temps et il vous faut camper sur le chemin de retour. Tentez un «jet de chance».

❖ Si vous réussissez, la nuit se déroulera sans aucun problème et vous serez reposé le lendemain matin. Vous récupérerez alors 2 points de vie.

❖ Si vous ne réussissez pas, vous entendrez un craquement dans le courant de la nuit. Vous ouvrirez les yeux et vous apercevrez une créature fonçant sur vous. Vous serez alors attaqué! Il vous faudra lancer un dé selon la règle des monstres aléatoires et combattre la créature.

Si vous êtes encore en vie, revenez sur vos pas jusqu'à l'intersection et choisissez un autre sentier.

27

Vous continuez votre route. Vous savez maintenant que vous pouvez vous fier à la carte. Les objets sont exactement aux endroits indiqués.

Après quelques heures de marche, il commence à faire nuit. Vous devez vous reposer ici. Tentez un «jet de chance».

❖ Si vous réussissez, la nuit se déroulera sans aucun problème et vous récupérerez 2 points de vie.

❖ Si vous ne réussissez pas, dans le courant de la nuit, vous êtes réveillé en sursaut par une créature qui vous attaquera. Vous aurez à lancer un dé selon la règle des monstres aléatoires et à combattre la créature.

Si vous survivez à la nuit, vous pourrez continuer votre exploration au matin et choisir une nouvelle destination sur votre carte.

28

Ce chemin est plus dégagé que les autres. On dirait même que quelqu'un l'entretient car, à certains endroits, les branches et les feuilles sont adroitement coupées. Vous continuez votre route toujours d'un pas alerte.

Après que vous avez marché pendant quatre heures, la nuit commence à tomber et vous croyez qu'il est temps de préparer votre campement avant que la noirceur s'installe. Tentez un «jet de chance».

❖ Si vous réussissez, la nuit se déroulera sans aucun problème et vous récupérerez 2 points de vie.

❖ Si vous ne réussissez pas, dans le courant de la nuit, vous serez réveillé en sursaut par une créature qui vous attaquera. Vous aurez à lancez un dé selon la règle des monstres aléatoires et à combattre la créature.

Si vous survivez à la nuit, vous pourrez continuer votre quête le lendemain matin en vous aidant de votre carte.

29

Vous prenez la route d'un pas alerte. Bien que le chemin soit très étroit, il est légèrement plus dégagé que les autres. Après 7 heures de marche, vous vous sentez fatigué et vous décidez de passer la nuit ici. Tentez un «jet de chance».

❖ Si vous réussissez, la nuit se déroulera sans aucun problème et vous récupérerez 2 points de vie.

❖ Si vous ne réussissez pas, dans le courant de la nuit, vous serez réveillé en sursaut par une créature qui vous attaquera. Vous aurez à lancer un dé selon la règle des monstres aléatoires et à combattre la créature.

Si vous survivez à la nuit, vous pourrez continuer votre exploration au matin. Il vous suffira de choisir une nouvelle destination sur votre carte.

30

Il se fait tard et vous devez vous reposer. Vous profitez d'une clairière pour vous installer confortablement. Lancez un «jet de chance».

❖ Si vous réussissez, la nuit se déroulera sans aucun problème et vous récupérerez 2 points de vie.

❖ Si vous ne réussissez pas, dans le courant de la nuit, vous serez attaqué par un monstre errant. Vous aurez à lancer un dé selon la règle des monstres aléatoires et à combattre la créature.

Si vous survivez à la nuit, vous pourrez continuer votre exploration au matin. Il vous suffira de choisir une nouvelle destination sur votre carte.

31

Pour le moment, vous êtes en sécurité et vous décidez de vous reposer. Après toutes ces aventures, vous vous demandez s'il ne serait pas préférable d'aller voir le roi pour l'avertir de la situation. Cependant, après mûre réflexion, vous trouvez la force et le courage de continuer votre quête.

À la tombée de la nuit, vous préparez votre campement. Tentez un « jet de chance ».

❖ Si vous réussissez, la nuit se déroulera sans aucun problème et vous récupérerez 2 points de vie.

❖ Si vous ne réussissez pas, au milieu de la nuit, vous vous réveillerez en sursaut. Vous sortirez de la tente, mais une créature vous attaquera aussitôt. Vous aurez à lancer un dé selon la règle des monstres aléatoires et à combattre votre adversaire.

Si vous survivez à la nuit, vous pourrez continuer votre exploration au matin. Vous n'aurez qu'à choisir une nouvelle destination sur votre carte.

32

Vous continuez votre route, mais la nuit commence à tomber et vous décidez de camper dans la première clairière que vous apercevez. Lancez un «jet de chance».

❖ Si vous réussissez, la nuit se déroulera sans aucun problème et vous récupérerez 2 points de vie.

❖ Si vous ne réussissez pas, vous serez attaqué au milieu de la nuit. Vous aurez à lancer un dé selon la règle des monstres aléatoires et à combattre votre adversaire.

Si vous survivez à la nuit, vous pourrez continuer votre exploration au matin. Vous n'aurez qu'à choisir une nouvelle destination sur votre carte.

33

Sur ce sentier, vous apercevez à nouveau les traces du magicien. Toutefois, il va bientôt faire nuit. Sur la carte figure une petite maison à quelques heures de marche.

Cependant, vous ne voulez pas courir le risque de vous y rendre tout de suite ; vous préférez camper ici pour reprendre des forces avant d'être surpris par la nuit. Lancez un « jet de chance ».

❖ Si vous réussissez, la nuit se déroulera sans aucun problème et vous récupérerez 2 points de vie.

❖ Si vous ne réussissez pas, au milieu de la nuit, vous serez réveillé en sursaut par une créature qui vous attaquera. Vous aurez à lancer un dé selon la règle des monstres aléatoires et à combattre votre adversaire.

Si vous survivez à la nuit, vous pourrez continuer votre exploration au matin. Vous n'aurez qu'à choisir une nouvelle destination sur votre carte.

34

Vous reprenez votre route. En examinant votre carte, vous constatez que ce gros arbre y était indiqué. Étrange ! Cette information laisse entendre qu'il a été placé là afin de bloquer le chemin. Toutefois, cela vous rassure car, si quelqu'un s'est donné la peine de faire tout ça, c'est que quelque chose d'important se trouve quelque part sur cette route.

Après quelques heures de marche, la route continue vers le nord mais en bifurquant vers la gauche. Un petit chemin semble aussi disponible à droite, vers l'est.

Vous vous arrêtez un instant pour regarder le petit chemin. Une chose vous intrigue. En tendant l'oreille, vous pouvez entendre de petites voix fredonnant une mélodie.

Si vous désirez continuer votre route vers le nord, **allez au 33**. Si vous préférez aller voir d'où viennent les petites voix, **allez au 57**. Vous pouvez aussi visiter un autre endroit qui apparaît sur votre carte en gardant à l'esprit que l'arbre derrière vous ne représente plus un problème.

35

Vous êtes à l'endroit où se trouvait le loup affamé. Heureusement, vous n'avez plus rien à craindre : la bête n'est plus là.

Vous pouvez donc consulter votre carte et choisir une nouvelle destination.

36

C'est ici, dans cette caverne obscure, que vous avez vu une immense araignée. Si vous avez tué cette dernière, vous pourrez traverser la caverne sans danger et choisir un autre endroit à visiter. Si ce n'est pas le cas, l'araignée sera encore au plafond.

Si vous désirez marcher à travers la grotte en espérant que l'araignée ne vous attaque pas, **allez au 60**. Si vous préférez examiner la créature de plus près, **allez au 49**.

37

Vous êtes devant le pont qui était gardé par un troll. Si vous avez tué le troll, vous pourrez traverser la rivière sans encombre. Vous n'aurez qu'à choisir sur votre carte un autre endroit à visiter.

Si vous avez donné des pièces d'or au troll pour qu'il vous laisse passer, effectuez un «jet de chance». Si vous réussissez, le troll se souviendra de vous; il vous laissera donc passer à nouveau. Par contre, si vous échouez, le troll vous aura oublié! Il répétera alors la seule phrase qu'il connaît : «Quel est le mot de passe?»

Si vous désirez lui donner 2 nouvelles pièces d'or, **allez au 80**. Si vous préférez donner un mot de passe au hasard, **allez au 59**. Si vous voulez attaquer le troll, **allez au 68**. Si vous choisissez de traverser la rivière à la nage, **allez au 67**.

38

C'est la maison où vous avez combattu la créature du magicien Deltamo! Vous étiez censé retourner à la ville pour avertir le roi de sa présence ou explorer la forêt Noire à la recherche de Peter. Alors, pourquoi êtes-vous revenu ici? Retournez vite au sud, vous avez une mission à accomplir!

39

Lorsque vous avez franchi ce pont pour la première fois, un ogre montait la garde mais, à présent, il n'y a plus personne. Vous décidez d'en profiter pour passer sur le pont sans être ennuyé.

Choisissez une nouvelle destination sur votre carte.

40

Vous approchez du gros arbre. D'après sa hauteur, vous vous dites qu'il doit être vraiment très âgé. Son tronc est immense et usé par le temps. En y regardant de plus près, vous apercevez à la base de l'arbre un grand trou de la grosseur d'un poing. Vous examinez quelques instants la cavité et constatez que cette dernière n'est pas naturelle. Selon vous, elle aurait été creusée par une masse ou quelque outil très lourd.

Si vous désirez mettre la main dans le trou, **allez au 51**. Si vous préférez partir, choisissez une nouvelle destination sur votre carte.

41

C'est ici que vous avez rencontré le magicien. Apparemment, celui-ci n'est jamais revenu, car toute la nourriture est encore étalée sur la table. Vous en profitez pour manger un plat et vous récupérez 2 points de vie.

Vous décidez ensuite de repartir. Consultez votre carte et choisissez un autre endroit à visiter.

42

Vous êtes enfin venu à bout de cette créature !

Vous vous avancez vers le petit garçon. La cage est fermée par un cadenas. Vous vous dites que la créature en a probablement la clé. Vous allez fouiller le minotaure et vous trouvez non seulement la clé, mais aussi 5 pièces d'or.

Vous libérez ensuite l'enfant.

– Merci beaucoup, chuchote-t-il.

– Es-tu Peter ? lui demandez-vous.

– Oui ! répond le gamin. J'ai voulu jouer à l'aventurier. Je ne le ferai plus jamais. J'ai eu si peur !

– N'aie aucune crainte, petit ! rassurez-vous l'enfant. Tu es maintenant en sécurité. Je vais te ramener chez ta mère !

– Merci de m'avoir sauvé ! s'exclame Peter. Vous êtes un vrai héros !

Vous le soulevez par la taille et le déposez sur vos épaules. Il faut maintenant que vous reveniez à la ville afin de remettre Peter à sa mère. Si vous n'avez pas encore accompli votre quête primaire, vous pourrez revenir dans la forêt Noire et continuer votre enquête.

Pour retourner en ville avec Peter, **allez au 200**. Cependant, vous devez préalablement refaire votre chemin et **aller au 19**.

43

Le magicien est effectivement parti. Vous vous dites que c'est peut-être mieux ainsi et que vous devriez avertir le roi sans tarder.

Vous fouillez minutieusement la pièce en prenant soin de déplacer tous les meubles et de regarder dans chacun des tiroirs.

Vous trouvez :

❖ 10 pièces d'or,

❖ 3 potions de vie moyennes (chacune rend 2 dés de points de vie),

❖ 1 sceptre magique de magicien (dégât : 4).

❖ 1 anneau magique de vie +1 (donne à son porteur +1 vie en permanence).

Vous trouvez aussi de nombreux écrits. D'après ceux-ci, le magicien s'appellerait Deltamo, l'elfe noir qui serait à l'origine de cette guerre avec les ogres. Il y a aussi d'autres textes que vous n'arrivez pas à déchiffrer, car ces derniers sont rédigés dans une langue que vous ne connaissez pas.

Vous avez maintenant toutes les preuves dont vous avez besoin. Il ne vous reste plus qu'à retourner en ville et à faire votre rapport au roi.

Si vous n'avez pas encore accompli votre quête secondaire, vous pourrez continuer à explorer la forêt Noire afin de retrouver Peter. Si vous l'avez déjà fait, rentrez à la ville. Lorsque vous y arriverez, **allez au 201**. Pour le moment, utilisez votre carte pour choisir votre prochaine destination.

44

Vous reconnaissez la clairière au bout du chemin : c'est ici que vous avez sauvé Peter ! Le garçon est-il encore avec vous ? Si oui, qu'attendez-vous pour retourner à la ville et le remettre à ses parents ? Sinon, pourquoi êtes-vous revenu ici ? Le minotaure qui voulait manger Peter est bel et bien mort, et ce n'est pas lui le responsable des événements mystérieux qui inquiètent le roi. Retournez vite vers le sud – vous avez une mission à accomplir !

45

Vous reconnaissez la clairière : vous avez déjà vu ce puits. La dernière fois, il vous était venu à l'idée de descendre au fond.

Si vous l'avez fait, vous n'allez pas le refaire ; choisissez une autre destination sur votre carte. Par contre, si vous n'avez pas encore visité le fond du puits, peut-être voulez-vous maintenant le faire ?

Si vous croyez que c'est un risque inutile, consultez votre carte et reprenez votre route.

Si vous désirez descendre dans le puits en vous agrippant aux parois, **allez au 91**. Si vous avez une corde dans votre équipement et que vous désirez l'utiliser pour descendre dans le puits, **allez au 47**.

46

Vous vous avancez vers cette belle fontaine dont l'eau semble si pure et si limpide. Vous vous dites que vous ne risquez rien à boire cette eau et que cette dernière a peut-être des pouvoirs de guérison... Vous joignez vos mains en forme de coupe et vous vous désaltérez.

Le problème, c'est que cette eau est magique et que, lorsqu'on en boit, tout peut arriver.

Tentez un « jet de chance ». Si vous réussissez, **allez au 73**. Sinon, **allez au 88**.

47

Vous prenez la corde qui est dans votre sac et vous l'attachez au bâti du puits. Vous effectuez un test et le tout vous semble solide. Vous enjambez le rebord du puits avec précaution et vous descendez lentement. Tout se déroule sans anicroche. Après quelques minutes, vous arrivez au fond du puits.

Vous y êtes à l'étroit. Des ossements sont éparpillés au sol. Vous dispersez les os avec la pointe de votre pied et vous découvrez parmi eux 8 pièces d'or et de nombreuses fioles cassées. Vous en déduisez qu'il s'agit probablement des restes de ceux qui n'ont pas réussi leur descente aussi bien que vous. En même temps, les morceaux de verre expliquent les scintillements que vous aperceviez d'en haut.

Ajoutez 8 pièces d'or à votre équipement. Ensuite, sortez du puits grâce à votre corde et continuez votre exploration de la forêt Noire.

48

La dernière fois que vous avez voulu emprunter ce pont, un grand minotaure avec une hache vous a barré la route. Si vous avez tué le minotaure, le pont ne sera plus gardé et vous pourrez le franchir sans danger.

Si vous avez payé 5 pièces d'or pour pouvoir passer, vous aurez de la chance car le minotaure se souviendra de vous et vous permettra de passer une seconde fois.

Si vous avez rebroussé chemin la dernière fois, le minotaure sera encore là, et sa hache semblera toujours aussi dangereuse.

Si vous désirez attaquer la créature, **allez au 106** et combattez-la. Si vous gagnez, consultez votre carte et choisissez un nouvel endroit à visiter. Si vous préférez offrir 5 pièces d'or au minotaure pour traverser le pont, **allez au 87**. Si vous aimez mieux revenir sur vos pas, le sentier vous ramènera au **32** à temps pour la nuit qui commence à tomber.

49

Vous avancez doucement vers l'araignée. Vous soulevez votre torche afin de bien distinguer la créature et de voir si elle est encore vivante.

« Qu'elle est énorme ! » vous dites-vous.

Vous n'avez pas encore terminé vos observations que, d'un geste brusque et rapide, l'araignée saute sur vous !

Après avoir fouillé la grotte, vous trouvez, dans un tas de débris, 3 pièces d'or ainsi qu'une dague de voleur (dégât : 4).

Le combat contre l'araignée

	Caractéristiques	
	Attaque	Vie
	9	10
	Or	
	3	
Nom	Dégât	
Pattes	3	

Vous pouvez maintenant quitter la caverne, consulter votre carte et visiter un autre endroit.

50

Vous vous approchez doucement de la créature en vous tenant sur vos gardes. Au moindre geste suspect de sa part, vous l'attaquerez !

« C'est bien un grand troll ! » constatez-vous.

Tout d'abord, le troll ne réagit pas. Soulagé, vous arrivez près du pont.

– Quel est le mot de passe ? le troll vous demande-t-il d'une voix saccadée.

Malheureusement, vous ne connaissez pas ce foutu mot. Que faites-vous ?

Si vous désirez attaquer le troll, **allez au 68**. Si vous préférez lui offrir 2 pièces d'or pour qu'il vous laisse traverser la rivière, **allez au 80**. Si vous choisissez de lancer un mot de passe au hasard dans l'espoir que le troll soit assez stupide pour vous laisser passer, **allez au 59**. Si vous décidez d'essayer de traverser la rivière dans l'eau, **allez au 67**.

51

Malgré une certaine crainte, vous mettez délicatement votre main dans le trou. Vous constatez rapidement que ce dernier est très profond et très humide.

Lancez un «jet de chance». Si vous réussissez le jet, **allez au 65**. Sinon, **allez au 79**.

52

Vous avancez astucieusement le long de la route en limitant vos mouvements. Vous serrez entre vos mains tout objet en métal susceptible de faire du bruit. Vous contrôlez chacun de vos pas mais, malgré vos efforts, votre marche n'est pas parfaitement silencieuse en raison des feuilles sèches et craquantes qui recouvrent le sol.

Effectuez un «jet d'habileté». Si vous réussissez, **allez au 9** et vous vous rendrez sans problème à l'entrée de la caverne. Si vous ne réussissez pas, le loup vous attaquera férocement! **Allez alors au 101** pour le combattre et **revenez ensuite au 9**.

53

Vous vous approchez du vieil homme.

– Je suis désolé de vous déranger! lui dites-vous d'un ton amical.

Le vieillard se retourne en sursautant, lève les bras au ciel et, en prononçant quelques paroles, vous expédie une énorme boule de feu directement au visage!

Vous n'avez pas le temps de réagir. Vous perdez votre souffle et êtes aveuglé pendant quelques secondes. Une fois que vous avez retrouvé la vue, vous vous préparez au combat, mais le magicien n'est déjà plus là! Par malheur, cette boule de feu vous a causé beaucoup de dégât : soustrayez 4 de vos points de vie.

Si vous êtes toujours en vie, vous scruterez minutieusement l'endroit mais vous resterez bredouille.

Vous allez devoir vous fier à votre carte pour continuer.

54

Soudain, vous voyez un objet briller dans les bois, non loin de vous. Vous vous en approchez et vous constatez que le soleil se reflète sur un petit coffre doré, posé au milieu de quelques restes qui sont probablement ceux d'un squelette humain.

Vous vous emparez rapidement du coffret et vous l'ouvrez. Vous trouvez 4 pièces d'or et une potion de vie moyenne (rend 2 dés de points de vie). Vous ne pouvez pas emporter ces objets si vous les avez déjà trouvés.

Maintenant, revenez sur vos pas jusqu'à l'intersection et choisissez un autre sentier.

56

« Ce n'est pas ce gros arbre qui va m'arrêter ! » vous dites-vous d'un air confiant.

Si vous êtes paladin ou voleur et si vous possédez une arme faisant 6 points de dégât ou plus, vous réussissez, après quelques coups, à vous frayer un passage à travers ce gros arbre. À partir de maintenant, notez que la voie est dégagée. Quand vous repasserez par ici, vous n'aurez plus besoin de vous inquiéter de la présence de l'arbre. **Allez maintenant au 34**.

Si vous êtes magicien et s'il vous reste une boule de feu, vous pourrez l'utiliser et la lancer sur l'arbre. Celui-ci prendra aussitôt feu et, après qu'il se sera consumé, vous pourrez passer. La règle mentionnée précédemment s'applique. **Allez au 34**.

Sinon, vous essayerez avec acharnement de vous frayer un chemin, mais en vain. Vous devrez vous résigner à revenir sur vos pas et à explorer un autre endroit indiqué sur votre carte.

57

Vous avancez prudemment vers les voix. Plus vous avancez, plus les voix deviennent envoûtantes et mélodiques. Après quelques minutes de marche, vous vous sentez tellement attiré par elles que vous êtes saisi de panique !

Lancez un « jet d'habileté ». Si vous réussissez, **allez au 71**. Sinon, **allez au 90**.

58

Toc ! Toc ! Toc ! Vous cognez à la porte.

– Est-ce que je peux entrer ? demandez-vous amicalement.

Ne recevant aucune réponse, vous tournez la poignée et vous entrez prudemment dans la maison.

Slaaach ! Vous recevez au visage une boule de feu ! Vous étiez attendu !

Cette boule de feu vous a causé des brûlures et une grande douleur. Soustrayez 4 de vos points de vie.

Si vous êtes toujours en vie, vous retrouverez graduellement l'usage de vos sens. **Allez au 77.**

59

Vous prononcez quelques mots au hasard en espérant que le troll ne soit pas très intelligent. Vous avez fait l'erreur de le sous-estimer! Le grand troll vous regarde curieusement et se penche pour ramasser un gros gourdin qu'il brandit vers vous. **Allez au 68**.

60

Heureusement, l'araignée n'est pas intéressée par votre présence. Quelques dizaines de mètres plus loin, vous sortez finalement de cette grotte. Vous n'êtes pas fâché de respirer de l'air frais!

Vous continuez votre route en suivant les indications de la carte. Choisissez une nouvelle destination.

61

Pendant que vous absorbez quelques rations, vous apercevez, à quelques pas de vous dans la forêt, un objet illuminé par les rayons du soleil.

Vous vous frayez un chemin jusqu'à l'objet et vous constatez qu'il s'agit d'un petit coffre. Tout autour reposent les restes d'un cadavre encore en décomposition.

Vous trouvez 4 pièces d'or et 1 potion de vie moyenne (2 dés de points de vie). Vous ne pouvez pas emporter ces objets si vous les avez déjà trouvés. **Retournez maintenant au 18.**

62

Lancez un «jet d'habileté». Si vous réussissez, **allez au 86.** Sinon, **allez au 76.**

64

Vous vous protégez le visage à l'aide de votre bras droit. Vous foncez à toute vitesse à travers le nuage d'abeilles et vous n'arrêtez votre course qu'après l'avoir traversé. Vous être maintenant loin des insectes. Cette manœuvre a fonctionné, mais vous avez reçu de nombreuses piqûres d'abeille.

Veuillez vous soustraire 3 points de vie avant de reprendre votre quête.

65

Vous insérez votre main dans le trou. Vous en tâtez le fond minutieusement. Soudain, il vous semble avoir saisi quelque chose. Qu'est-ce que c'est? Vous retirez aussitôt votre main du trou en tenant fortement l'objet. Vous avez trouvé un petit sac. Vous l'ouvrez et y découvrez 4 pièces d'or, ainsi qu'une potion moyenne de vie (cette potion vous permet de récupérer 2 dés de points de vie). Vous ne pouvez pas emporter ces objets si vous les avez déjà trouvés.

Définitivement, ce trou servait de cachette à quelqu'un!

Maintenant que vous avez fait des trouvailles, vous pouvez consulter votre carte pour choisir votre prochaine destination.

66

Vous vous avancez vers le vieil homme allongé au sol. Vous posez un genou à terre afin de pouvoir tâter son pouls. L'individu semble mort, mais vous ne constatez aucune trace apparente de blessure sur son corps.

En le fouillant, vous trouvez sur lui 2 pièces d'or, mais seulement si vous ne l'avez jamais fouillé auparavant.

À présent, que faites-vous ? Si vous désirez boire l'eau de cette belle fontaine, **allez au 46**. Si vous aimez mieux continuer votre route, choisissez sur votre carte un autre endroit à visiter.

67

Vous vous approchez de la rivière. Bien que vous ne soyez pas certain de votre réussite, vous vous y avancez prudemment. L'eau est glacée et agitée. Vous êtes très facile à déstabiliser. Le courant est très fort et, sous vos pieds, les rochers sont particulièrement glissants.

Après quelques pas, vous dérapez sur une pierre et tombez à l'eau. Vous essayez désespérément de nager mais le courant est trop fort. Votre équipement vous alourdit énormément. Vous tentez de vous en départir, mais l'eau glacée commence à paralyser vos muscles. Vous êtes pris dans des tourbillons qui vous attirent vers le fond. Vous faites un ultime effort pour essayer de vous saisir d'une branche près de vous.

Lancez un «jet d'habileté». Si vous réussissez, **allez au 81**. Sinon, le courant vous entraînera au fond de la rivière; **allez au 89**.

68

Le grand troll lance un cri très sourd et vous attaque avec fureur.

le combat contre le troll

	Caractéristiques	
	Attaque	**Vie**
	10	11
	Or	
	3	

Nom	Dégât
Bâton et force	4

Si vous survivez, vous trouverez sur lui 3 pièces d'or. Vous pourrez alors traverser

la rivière sans danger. Choisissez une nouvelle destination sur votre carte.

70

Vous avancez prudemment vers le vieil
homme. Une fois à sa portée, vous vous pré-
cipitez sur lui en l'attaquant par-derrière.

Votre coup touche la cible. Le vieil
homme lance un cri de détresse et s'écroule
au sol. Après quelques secondes, il se trans-
forme en fumée, non sans laisser sur les
lieux une grosse flaque de sang!

«Que s'est-il passé?» vous demandez-
vous, encore sous le choc.

Vous revoyez la scène en pensée et
vous comprenez rapidement que le magicien n'est probablement pas mort. La fumée
ne serait qu'une échappatoire. Mais qui
est donc ce magicien? Il est sûrement très
puissant!

En regardant sous la table, vous apercevez un petit sac. Il s'agit probablement de
celui du magicien. Vous l'ouvrez et trouvez
à l'intérieur 2 potions de vie élevées (chacune vous rend 2 dés de points de vie +1)
ainsi qu'un parchemin.

Si vous êtes magicien, vous pourrez lire le parchemin.

Félicitations ! Vous avez trouvé une nouvelle magie.

Magie « respiration »

Ce sort, qui vous permet de respirer sous l'eau pendant 5 minutes, peut être utilisé une fois par jour.

À présent, vous devez vous en remettre à votre carte pour continuer votre exploration de la forêt Noire.

71

Vous vous concentrez fortement afin de reprendre le contrôle de votre esprit. Après quelques secondes, les voix ont disparu. Ouf ! Il s'en est fallu de peu !

Devant vous, il y a un magnifique lac. L'eau est claire et bleutée.

Vous vous approchez davantage du lac et vous apercevez au centre, tout au fond, un objet lumineux de la grosseur d'un coffre. La pureté de l'eau vous empêche cependant de déterminer exactement la profondeur du lac.

Si vous décidez d'essayer de récupérer cet objet en plongeant dans l'eau, **allez au 82**. Si vous préférez visiter une autre région de la forêt Noire, consultez votre carte.

72

Vous réussissez à atteindre le fond et vous vous empressez de remonter cet objet. C'est bien un coffre. Vous l'ouvrez et vous y découvrez 10 pièces d'or ainsi qu'une potion de vie moyenne (rend 2 dés de points de vie). Vous ne pouvez pas emporter ces objets si vous les avez déjà obtenus.

Reprenez ensuite la route et choisissez une nouvelle destination sur la carte – sans oublier de remettre vos vêtements.

73

Aussitôt que vous portez l'eau à vos lèvres, vous ressentez un sentiment de bien-être. « Cette eau est miraculeuse », estimez-vous. Après quelques gorgées, vous vous sentez en pleine forme et reposé comme jamais !

Tous vos points de vie vous sont rendus.

Vous pouvez employer votre carte pour choisir une nouvelle région à visiter.

74

L'ogre massif lance un cri très sourd et vous attaque avec fureur.

le combat contre l'ogre

	Caractéristiques	
	Attaque	**Vie**
	9	6
	Or	
	3	
Nom	**Dégât**	
Rondin	4	

Si vous survivez, vous trouverez sur lui 3 pièces d'or.

Vous pourrez alors traverser la rivière sans danger et choisir une nouvelle destination sur votre carte.

76

Vous essayez d'ouvrir ce coffre, mais le cadenas résiste à toutes vos actions. Vous en ragez et, d'un grand coup, vous frappez sur le cadenas.

Boum! Une explosion vous atteint au visage, vous causant de graves brûlures. Vous perdez 3 points de vie.

Le coffre est toujours là – et il est toujours cadenassé!

Comme il est trop lourd pour pouvoir être apporté, vous allez devoir repartir sans lui.

À partir d'ici, il n'y a plus de chemins ou de sentiers. Par conséquent, vous allez devoir revenir sur vos pas jusqu'à la rivière. **Allez donc au 17.**

77

Vous apercevez dans la pièce un grand magicien au teint pâle portant une robe bleue bordée de rubis jaunes. À ses côtés se tient une créature cadavérique très affreuse.

« Mais c'est mon rêve ! » vous exclamez-vous avec frayeur.

Vous vous préparez à attaquer la créature mais, avant que vous n'ayez pu faire un geste, elle disparaît en fumée. **Allez au 85**.

78

Vous ne découvrez rien d'autre d'intéressant dans cette pièce. Vous sortez de la maison, fouillez les environs, mais ne trouvez rien de plus.

À partir d'ici, il n'y aura plus de chemins ou de sentiers.

Par conséquent, vous allez devoir revenir sur vos pas jusqu'à la rivière. **Allez donc au 17**.

79

Vous insérez votre main dans le trou. Vous palpez le fond minutieusement. Soudain, vous semblez avoir saisi quelque chose. Vous sortez votre main du trou, en tenant fermement l'objet. Ouch ! Ouch ! Vous avez empoigné une énorme sangsue gluante ! Vous vous secouez vivement la main pour vous débarrasser de cette horreur. Vous réussissez avec difficulté à projeter la sang-sue au sol, mais elle a eu le temps d'aspirer un peu de votre sang !

Réduisez vos points de vie de 2. Main-tenant, vous savez que vous devez vous tenir loin du trou.

Vous pouvez consulter votre carte pour choisir votre prochaine destination.

80

Le grand troll accepte les 2 pièces et s'écarte d'un pas vers la droite, vous dégageant ainsi le passage. Vous pouvez maintenant traverser la rivière sans danger.

Choisissez une nouvelle destination sur votre carte.

81

Vous rassemblez toutes les forces qui vous restent et, d'un ultime élan, vous vous agrippez à la branche. Vous réussissez à vous sortir de cette foutue rivière, mais avec beaucoup de difficulté !

Cette expérience vous a épuisé. Vous devez déduire 3 points de vie avant de pouvoir continuer votre exploration de la forêt Noire.

82

Vous retirez quelques-uns de vos vête-ments pour ne pas vous alourdir inutile-ment et vous plongez à l'eau.

Si vous avez une magie ou une potion vous permettant de respirer sous l'eau, **allez au 72**.

Sinon, vous essayez de vous rendre jus-qu'au coffre, mais vous vous rendez compte qu'il est à une trop grande profondeur et qu'il est préférable pour vous de revenir à la surface.

Votre seule alternative est de retourner au croisement des sentiers et de choisir sur votre carte une autre région à visiter.

84

L'ogre massif accepte les 3 pièces et s'écarte d'un pas vers la droite, vous dégageant ainsi le passage. Vous pouvez maintenant traverser la rivière sans danger.

Choisissez une nouvelle destination sur votre carte.

85

La créature vous attaque. Elle est effrayante et son regard maléfique vous pétrifie. Pour cette raison, votre attaque sera réduite de 2 points durant le combat.

le combat contre la créature

Caractéristiques	
Attaque	**Vie**
11	13

Or
– 10 pièces
– 1 potion de vie moyenne (2 dés de points de vie)
– Une épée (dégât : 5)

Nom	Dégât
Griffes	5

Si vous survivez, **allez au 43**.

86

Le coffre est fermé par un petit cadenas mais, à l'aide de votre arme, vous forcez celui-ci sans trop de difficulté.

À l'intérieur, vous trouvez :

❖ 10 pièces d'or,

❖ une potion de vie moyenne (2 dés de points de vie),

❖ une épée (dégât : 5).

À partir d'ici, il n'y aura plus de chemins ou de sentiers. Par conséquent, vous allez devoir revenir sur vos pas jusqu'à la rivière. **Allez donc au 17.**

87

La créature accepte les pièces. Elle baisse la tête et se déplace vers la gauche. Vous pouvez maintenant passer.

Choisissez une nouvelle destination sur votre carte.

88

Soudain, vous ressentez une douleur atroce à l'estomac, une douleur qui se propage dans tout votre corps. Vous souffrez tellement que vous tombez instantanément dans le coma…

Malheureusement, c'est ici que se termine votre quête.

89

L'eau de la rivière emplit votre bouche et vos narines, ensuite vos poumons. Vous ne tardez pas à perdre connaissance.

Lorsque vous ouvrez les yeux, vous découvrez un long couloir noir. À l'extrémité, une lumière étincelante vous invite à entrer. Vous avez entamé votre marche pour l'au-delà… Malheureusement, c'est ici que se termine votre quête.

90

Vous êtes attiré par ces voix et, en dépit de tous vos efforts, vous ne pouvez plus vous arrêter. Vous vous dirigez vers un petit lac et y entrez malgré vous. Vous essayez de nager, mais les voix vous entraînent vers le fond. Vous n'arrivez plus à respirer. Après quelques minutes, vous vous noyez…

Malheureusement, c'est ici que se termine votre quête.

91

Vous enjambez prudemment le rebord du puits. Vous essayez de vous agripper solidement aux parois. Vous réussissez à descendre de quelques mètres mais, à mi-chemin, vous glissez en effectuant une mauvaise prise et vous tombez dans le vide.

Malheureusement, vous ne survivez pas à la chute… et c'est ici que se termine votre quête.

92

Vous pourrez utiliser cette option si, et seulement si, vous êtes magicien et s'il vous reste un sortilège de boule de feu.

Si vous ne remplissez pas ces conditions, vous devrez **retourner au 13**.

Vous levez les bras et, en prononçant quelques formules magiques, vous lancez une énorme boule de feu sur les abeilles.

Une grosse explosion se produit et les abeilles se dispersent, vous laissant le champ libre. Malheureusement, elles se reforment derrière vous. Si vous revenez par ici, vous aurez encore à vous débrouiller avec elles. Pour le moment, consultez votre carte et choisissez votre prochaine destination.

93

Vous vous approchez de l'arbre à pas de loup… Ensuite, vous examinez avec soin le gros arbre. Après quelques minutes, vous décidez de ne plus perdre votre temps ici et de reprendre votre route.

le combat contre la tarentule

	Caractéristiques	
	Attaque	**Vie**
	7	5
	Or	
Nom	**Dégât**	
Mâchoire	3	

Au moment où vous allez quitter l'endroit, une créature tombe de l'arbre et vous saute au visage. C'est une grosse tarentule !

Si vous survivez au combat, vous ne trouverez évidemment rien de précieux !

Il ne vous restera plus qu'à consulter votre carte et à choisir un autre endroit à visiter.

94

« Ce n'est pas ce gros arbre qui va m'arrêter ! » vous dites-vous d'un air confiant.

Si vous êtes paladin ou voleur et si vous possédez une arme faisant 6 points de dégât ou plus, vous réussirez, après quelques coups, à vous frayer un passage à travers ce gros arbre. À partir de maintenant, notez que la voie sera dégagée. Quand vous repasserez par ici, vous n'aurez plus besoin de vous inquiéter de la présence de l'arbre.

Si vous êtes magicien et s'il vous reste une boule de feu, vous pourrez l'utiliser et la lancer sur l'arbre. L'arbre prendra aussitôt feu et, après qu'il se sera totalement consumé, vous pourrez passer. La règle précédente s'applique ici encore.

Si vous n'êtes pas magicien, vous essaierez avec acharnement de vous frayer un chemin, mais en vain. Vous devrez vous résigner à revenir sur vos pas. **Allez donc au 29.**

95

Vous articulez quelques mots au hasard en espérant que l'ogre ne soit pas très intelligent. Vous avez fait l'erreur de le sous-estimer! L'ogre vous regarde avec colère et se penche pour ramasser un gros gourdin qu'il brandit vers vous. **Allez au 74.**

Les monstres aléatoires

101

Vous êtes attaqué par un loup sauvage.

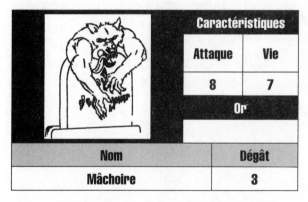

	Caractéristiques	
	Attaque	**Vie**
	8	7
	Or	
Nom	**Dégât**	
Mâchoire	3	

Ce fauve ressemble beaucoup à un loup des bois, sauf qu'il est beaucoup plus gros. Sa rage et son agressivité font de lui un adversaire redoutable !

102

Vous êtes attaqué par un ours brun.

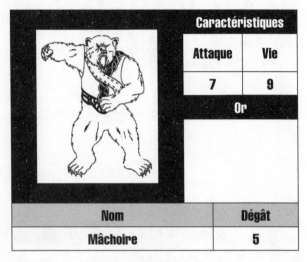

	Caractéristiques	
	Attaque	**Vie**
	7	9
	Or	

Nom	Dégât
Mâchoire	5

L'ours brun est un fauve redoutable, principalement lorsqu'il est affamé ou qu'il protège son territoire.

103

Vous êtes attaqué par un ogre.

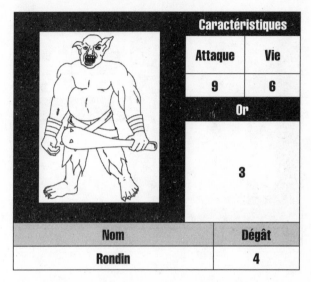

	Caractéristiques	
	Attaque	**Vie**
	9	6
	Or	
	3	

Nom	Dégât
Rondin	4

Mi-homme, mi-animal, les ogres sont des créatures particulièrement affreuses et horribles. Même s'ils ne semblent pas très aguerris, ils sont extrêmement dangereux.

Si vous survivez, vous trouverez 3 pièces d'or sur l'ogre.

104

Vous êtes attaqué par un gobelin bleu.

	Caractéristiques	
	Attaque	**Vie**
	11	6
	Or	
	2	

Nom	Dégât
Griffes	2

Les gobelins sont des petites créatures qui vivent dans les collines. Ils font en moyenne 1,40 mètre à partir de leurs bottes jusqu'à la pointe de leurs longues oreilles en forme d'ailes de chauve-souris. Leur peau (verte ou bleue) est lisse, mais l'intérieur de leurs oreilles, et parfois leurs avant-bras, sont recouverts de quelques poils.

Si vous survivez, vous trouverez 2 pièces d'or sur le gobelin.

105

Vous êtes attaqué par un troll.

	Caractéristiques	
	Attaque	Vie
	9	8
	Or	
	4	

Nom	Dégât
Bâton	2

Le troll est une créature effrayante qui peut atteindre une taille de 3,50 mètres et peser plus de 1 tonne! Célèbre à la fois pour sa force et pour sa stupidité, il est souvent violent et imprévisible. Il communique uniquement par des grognements.

Si vous survivez, vous trouverez 4 pièces d'or sur le troll.

106

Vous êtes attaqué par un minotaure.

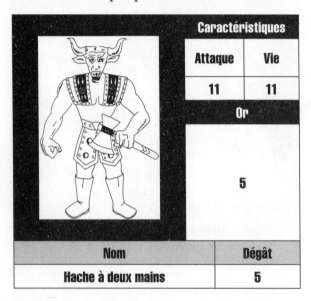

Caractéristiques	
Attaque	**Vie**
11	11
Or	
5	

Nom	Dégât
Hache à deux mains	5

Le minotaure est un monstre redoutable à corps d'homme et à tête de taureau. Il mesure souvent plus de 2,50 mètres de haut. Les minotaures, qui mangent volontiers les hommes qui viennent les déranger, sont parfois armés d'une massue ou d'une hache.

Si vous survivez, vous trouverez 5 pièces d'or sur le minotaure.

La fin
des quêtes

200

Vous êtes de retour en ville, accompagné de Peter. Vous allez illico avertir la mère du garçon. Vous n'êtes pas sitôt arrivé sur le seuil de sa porte que la dame sort de sa demeure.

– Peter, Peter! s'écrie-t-elle. Tu es vivant! Je te croyais…

Elle prend son fils dans ses bras en pleurant.

Elle se tourne vers vous.

– Je me nomme Élina, vous dit-elle, les larmes aux yeux, et je me souviendrai toujours de votre geste. Jamais je ne saurai vous rendre la pareille, mais je suis à tout jamais votre amie!

Sur ces mots, elle vous présente 10 pièces d'or et un petit anneau.

– Voici toutes mes économies, avoue-t-elle, et un anneau qui appartenait à mon défunt mari.

– Chère dame, lui répondez-vous, je ne peux accepter votre argent. Vous en avez plus besoin que moi. Mais j'accepte avec joie votre amitié et votre petit anneau s'il ne vous est plus utile.

Elle vous sourit, et, pour la première fois, vous voyez apparaître sur son visage une expression de bien-être et de confiance.

Vous avez maintenant une nouvelle amie…

Vous faites évaluer l'anneau et il s'agit d'une «bague d'attaque +1».

201

Aussitôt que vous êtes rendu en ville, vous vous dépêchez d'aller faire votre rapport à votre maître.

– Que je suis heureux de te voir! s'exclame-t-il en vous accueillant. Je commençais à être inquiet!

Vous lui racontez en détail votre aventure et vous lui présentez tous les écrits que vous avez trouvés.

– Cette situation est alarmante ! dit-il d'un air inquiet. Je vais de ce pas avertir le roi. Viens nous rejoindre demain matin au palais, nous en discuterons.

Et, sur ces mots, il se dirige rapidement vers la cour royale.

***

Le lendemain matin, vous vous rendez au palais comme prévu.

Le roi finit par arriver.

– Nous avons étudié les documents et nous en déduisons que le magicien appelé Deltamo, déclare-t-il d'un air sombre, est bien à l'origine de cette guerre ! Nous ne savons pas encore très bien pourquoi, mais nous le saurons bientôt. Il nous reste encore quelques passages à traduire. Je crois que nous avons affaire à un magicien très puissant. Toutefois, grâce à vous, nous en savons davantage sur lui !

Le souverain fait une courte pause.

– Vous avez réussi cette quête avec brio, reprend-il avec solennité, ainsi que l'aurait fait un membre de la Garde Royale ! Dorénavant, vous en serez un ! Vous avez prouvé votre loyauté et votre valeur. Nous avons besoin de gens comme vous à nos côtés !

Le roi vous fait signe de vous agenouiller.

Il prend son épée et la pose délicatement sur votre épaule. Par ce geste, il vous déclare « garde royal ».

Votre maître vous félicite en vous souriant avec orgueil.

Vous êtes si fier et si honoré ! Vous savez maintenant que de nombreuses aventures vous attendent !

À la suite du résultat de cette expérience, vous augmentez vos « points de vie » et votre « attaque » de 1 point.

Le mot
de la fin

MERCI beaucoup, et j'espère que nous avons su vous divertir quelques heures.

N'oubliez pas que, en changeant de personnage et de choix, vous pouvez refaire le jeu autant de fois que vous le voulez.

Comme nous l'avons mentionné au début, vous pouvez également jouer avec un camarade. Dans ce cas, vous n'avez qu'à doubler le nombre de monstres rencontrés, en respectant bien la règle qu'un monstre ne doit affronter qu'une seule personne à la fois.

Nous vous invitons à nous faire part de vos commentaires concernant les livres de cette série. Nous sommes toujours à la recherche de nouvelles idées. *Pour remercier les participants, nous effectuerons un tirage au sort de livres et d'articles que nous offrirons aux plus chanceux.*

Il nous reste donc à vous souhaiter d'autres bons moments fantastiques et à vous donner rendez-vous au prochain tome…

Les fiches de personnages

Voici les personnages suggérés dans ce livre. Cependant, vous pouvez aussi utiliser l'un de ceux présentés sur notre site Web.

Guerrière

		Différence entre mes points d'attaque et ceux de mon adversaire											
		Désavantage							**Avantage**				
		5	4	3	2	1	0	1	2	3	4	5
Nom													
	Lancer 1 dé (6 faces) 1	0	0	0	0	0	0	0	0	0+1	0+1	0+1
Âge		2	X	X	0	0	0	0	0	0	0	0	0+1
		3	X	X	X	X	0-1	0	0	0	0	0	0
		4	X	X	X	X	X	X	X-1	0	0	0	0
Autres		5	X+1	X	X	X	X	X	X	X	X	0	0
		6	X+1	X+1	X+1	X	X	X	X	X	X	X	X

Caractéristiques

Attaque	Vie	Chance	Habileté
10	27	3	3

Or : 5	Équipements	

Nom	Explication	Autre détail
Torche	Torche et équipement d'allumage	
Potions de vie moyennes (2)	Donne 2 dés de points de vie	Valeur de revente (3 pièces d'or)

Armes/magies

Nom	Explication	Dégât/magie	Utilisation
Épée de base	Cette épée est fournie lors de l'entraînement de base. Elle n'a aucune valeur de revente.	4 points	

Magicien

Nom	
Âge	
Autres	

Différence entre mes points d'attaque et ceux de mon adversaire											
	Désavantage						Avantage				
Lancer 1 dé (6 faces)	5	4	3	2	1	0	1	2	3	4	5
1	0	0	0	0	0	0	0	0	0+1	0+1	0+1
2	X	X	0	0	0	0	0	0	0	0	0+1
3	X	X	X	X	0-1	0	0	0	0	0	0
4	X	X	X	X	X	X	X-1	0	0	0	0
5	X+1	X	X	X	X	X	X	X	X	0	0
6	X+1	X+1	X+1	X	X	X	X	X	X	X	X

Caractéristiques

Attaque	*Vie*	*Chance*	*Habileté*
9	**19**	**3**	**3**

Or : 5

Équipements

Nom	*Explication*	*Autre détail*
Torche	Torche et équipement d'allumage	
Potions de vie moyennes (2)	Donne 2 dés de points de vie	Valeur de revente (3 pièces d'or)

Armes/magies

Nom	*Explication*	*Dégât/magie*	*Utilisation*
Sceptre de base	Ce sceptre est fournie lors de l'entraînement de base. Il n'a aucune valeur de revente.	3 points	
Balle magique (magie)	Magie qui projette des petites balles colorées provoquant des chocs électriques.	4 points	2 fois/jour
Boule de feu (magie)	Magie qui permet de projeter des boules de feu. Les boules explosent au contact de la cible.	6 points	2 fois/jour
Invisibilité (magie)	Magie qui permet au lanceur de se rendre invisible pendant 30 secondes, le temps nécessaire d'abandonner le combat.	1 attaque	1 fois/jour

Magicienne

Nom		Différence entre mes points d'attaque et ceux de mon adversaire										
			Désavantage						Avantage			
			5	4	3	2	1	0	1	2	3	4	5

		Lancer 1 dé (6 faces)	5	4	3	2	1	0	1	2	3	4	5
		1	0	0	0	0	0	0	0	0	0	0+1	0+1	0+1
Âge		2	X	X	0	0	0	0	0	0	0	0	0+1
		3	X	X	X	X	0-1	0	0	0	0	0	0
		4	X	X	X	X	X	X	X-1	0	0	0	0
Autres		5	X+1	X	X	X	X	X	X	X	X	0	0
		6	X+1	X+1	X+1	X	X	X	X	X	X	X	X

Caractéristiques

Attaque	Vie	Chance	Habileté
9	19	3	3

Or : 5

Équipements

Nom	Explication	Autre détail
Torche	Torche et équipement d'allumage	
Potions de vie moyennes (2)	Donne 2 dés de points de vie	Valeur de revente (3 pièces d'or)

Armes/magies

Nom	Explication	Dégât/magie	Utilisation
Sceptre de base	Ce sceptre est fournie lors de l'entraînement de base. Il n'a aucune valeur de revente.	3 points	
Balle magique (magie)	Magie qui projette des petites balles colorées provoquant des chocs électriques.	4 points	2 fois/jour
Boule de feu (magie)	Magie qui permet de projeter des boules de feu. Les boules explosent au contact de la cible.	6 points	2 fois/jour
Invisibilité (magie)	Magie qui permet au lanceur de se rendre invisible pendant 30 secondes, le temps nécessaire d'abandonner le combat.	1 attaque	1 fois/jour

Paladin

Nom		Différence entre mes points d'attaque et ceux de mon adversaire										
		Désavantage					Avantage					
		5	4	3	2	1	0	1	2	3	4	5
Âge	Lancer 1 dé (6 faces) 1	0	0	0	0	0	0	0	0	0+1	0+1	0+1
	2	X	X	0	0	0	0	0	0	0	0	0+1
	3	X	X	X	X	0-1	0	0	0	0	0	0
Autres	4	X	X	X	X	X	X	X-1	0	0	0	0
	5	X+1	X	X	X	X	X	X	X	X	0	0
	6	X+1	X+1	X+1	X	X	X	X	X	X	X	X

Caractéristiques

Attaque	Vie	Chance	Habileté
10	30	3	2

Or : 5	Équipements	
Nom	Explication	Autre détail
Torche	Torche et équipement d'allumage	
Potions de vie moyennes (2)	Donne 2 dés de points de vie	Valeur de revente (3 pièces d'or)

Armes/magies

Nom	Explication	Dégât/magie	Utilisation
Épée de base	Cette épée est fournie lors de l'entraînement de base. Elle n'a aucune valeur de revente.	4 points	

Voleur

		Différence entre mes points d'attaque et ceux de mon adversaire												
Nom			**Désavantage**							**Avantage**				
			5	4	3	2	1	0	1	2	3	4	5
Âge		1	0	0	0	0	0	0	0	0	0+1	0+1	0+1
		2	X	X	0	0	0	0	0	0	0	0	0+1
		3	X	X	X	X	0-1	0	0	0	0	0	0
Autres		4	X	X	X	X	X	X	X-1	0	0	0	0
		5	X+1	X	X	X	X	X	X	X	X	0	0
		6	X+1	X+1	X+1	X	X	X	X	X	X	X	X

Lancer 1 dé (6 faces)

Caractéristiques

Attaque	*Vie*	*Chance*	*Habileté*
11	23	4	4

Or : 5	*Équipements*	

Nom	*Explication*	*Autre détail*
Torche	Torche et équipement d'allumage	
Potions de vie moyennes (2)	Donne 2 dés de points de vie	Valeur de revente (3 pièces d'or)

Armes/magies

Nom	*Explication*	*Dégât/magie*	*Utilisation*
Dague de base	Cette dague est fournie lors de l'entraînement de base. Elle n'a aucune valeur de revente.	3 points	

Voleuse

Nom		Différence entre mes points d'attaque et ceux de mon adversaire										
		Désavantage						**Avantage**				
		5	4	3	2	1	0	1	2	3	4	5
Âge		1	0	0	0	0	0	0	0	0	0+1	0+1	0+1
		2	X	X	0	0	0	0	0	0	0	0	0+1
		3	X	X	X	X	0-1	0	0	0	0	0	0
		4	X	X	X	X	X	X	X-1	0	0	0	0
Autres		5	X+1	X	X	X	X	X	X	X	X	0	0
		6	X+1	X+1	X+1	X	X	X	X	X	X	X	X

(Lancer 1 dé (6 faces))

Caractéristiques

Attaque	Vie	Chance	Habileté
10	25	4	4

Or : 5

Équipements

Nom	Explication	Autre détail
Torche	Torche et équipement d'allumage	
Potions de vie moyennes (2)	Donne 2 dés de points de vie	Valeur de revente (3 pièces d'or)

Armes/magies

Nom	Explication	Dégât/magie	Utilisation
Dague de base	Cette dague est fournie lors de l'entraînement de base. Elle n'a aucune valeur de revente.	3 points	

ANNEXE B

La boutique

Boutique – Articles		
Nom	*Explication*	*Or*
Corde	Corde de 30 mètres	2
Épée longue	Utilisée par les paladins et les guerriers Dégât 5	5
Dague	Utilisée par les voleurs Dégât 4	4
Sceptre	Utilisé par les magiciens Dégât 3	4
Potion de vie légère	Utilisée par toutes les classes Récupération (1 dé de points de vie)	3
Potion de vie moyenne	Utilisée par toutes les classes. Récupération (2 dés de points de vie)	5
Potion pour respirer sous l'eau	Utilisée par tous Utilisation : 1 fois Durée : 5 minutes	15
Épée longue magique	Utilisée par les paladins et les guerriers Dégât 6	12
Dague magique	Utilisée par les voleurs Dégât 5	8
Sceptre magique	Utilisé par les magiciens et magiciennes Dégât 4	8

Boutique – Articles rares		
Nom	*Explication*	*Or*
Potion de vie extrême	Utilisée par toutes les classes Récupération de tous les points de vie	15
Épée longue magique	Utilisée par les paladins et les guerriers Dégât 7	25
Dague magique	Utilisée par les voleurs Dégât 6	25
Bague d'attaque +1	Ajout permanent de 1 point d'attaque	25
Bague de vie +1	Ajout permanent de 1 point de vie	25
Bague d'invisibilité	Utilisée par toutes les classes Utilisation : 1 fois par jour	40
Parchemin pour souffle de glace	Utilisé par les magiciens Utilisation : 1 fois par jour Dégât 7	35

Pour obtenir une copie
de notre catalogue,
communiquez avec :

AdA
1385, boul. Lionel-Boulet
Varennes, Québec
J3X 1P7
Téléc : (450) 929-0220
info@ada-inc.com
www.ada-inc.com

Pour l'Europe, voici les coordonnées :
France : D.G. Diffusion Tél. : 05.61.00.09.99
Belgique : D.G. Diffusion Tél. : 05.61.00.09.99
Suisse : Transat Tél. : 23.42.77.40